あかいくつ

文・こまざわ まさこ
絵・すえおか えみ

銀の鈴社

横浜港周辺map
赤レンガ倉庫
氷川丸
赤いくつ女の子像
中華街
関内
横浜スタジアム
石川町

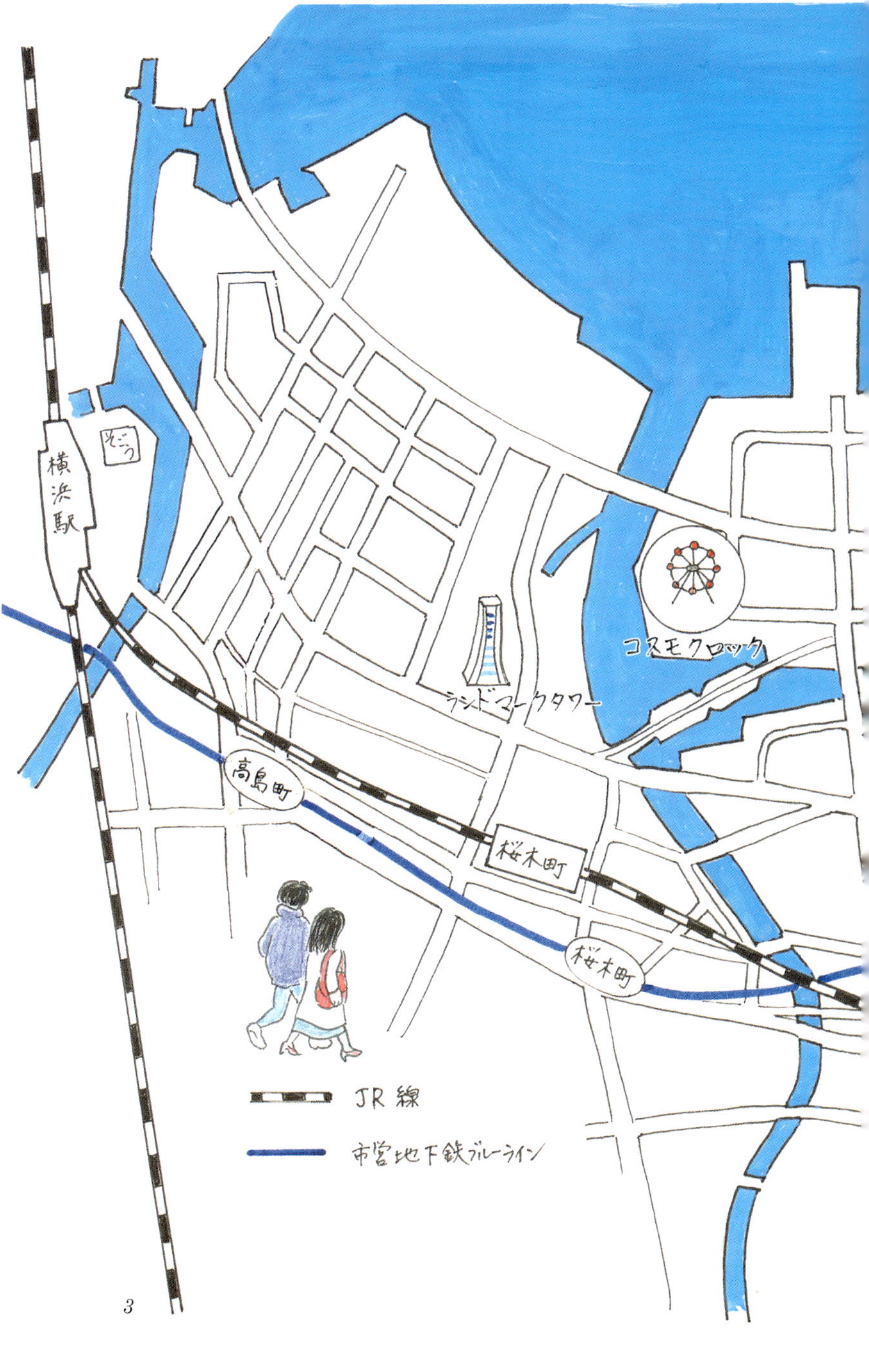
そごう
横浜駅
ランドマークタワー
コスモクロック
高島町
桜木町
桜木町
JR線
市営地下鉄ブルーライン

あかいくつ

休日の昼下《さ》がりの書店は、とても混雑していた。レジには本を持った人たちの長い列。奥の児童書のコーナーは、たくさんの親子連れで賑《にぎ》やかだ。十二月に入ったのでクリスマス関連の特設コーナーができていて、表紙にサンタやツリーが描かれた絵本が、所狭《せま》しと並んでいた。

年齢《ねんれい》別に置かれている棚《たな》の前では、親子で楽しそうにあれこれと選んでいる姿が見える。

ここは横浜《よこはま》駅

近くのデパートの中にある書店で、いちばん奥の児童書のコーナーから海が見える。

ただ、書棚《しょだな》が窓の半分以上を覆《おお》っているので小さな子たちには、その素敵な風景が見えない。

「せっかく紺《こん》色の窓枠《まどわく》には白いカモメの絵が描いてあるのに……」

幼い頃からこの書店に来ているハルカは、いつも残念に思っていた。

今日は、幼なじみの裕太《ゆうた》と一緒《いっしょ》に買い物をするためにこの書店で待ち合わせをしている。

裕太のおばあさん、チエさんが今年八十八歳になるので、米寿《べいじゅ》のお祝いのプレゼントを探すのが今日の目的だ。

チエさんの誕生日は、二十四日のクリスマスイブでクリスマスパーティーを兼ねたお祝いにハルカも招待されている。というより、パーティーを企画したのはハルカ自身だ。

チエさんには、幼い頃からとてもお世話になっているので、今年の春、大学を卒業してやっとお給料をもらえるようになったハルカは、米寿のお祝いには何かしたいと、ずっと前から考えていたのだった。チエさんにはもちろん、ハルカを家族のように大切にしてくれた裕太の両親、そしてハルカの父にも感謝の意味で手作りのパーティーをしようと計画している。

ハルカの母は、ハルカが十歳の時に病気で亡くなった。その時から、ご近所で親しくしていたチエさんは、父と二人暮らしになってしまったハルカの面倒《めんどう》を何かとみてくれた。

ハルカは、家事など日常生活に必要なさまざまなことを、このチエさんから教わった。

十二月の凛《りん》とした空気の中、窓からはベイブリッジや風車、遠くを通る白い船も青い空に映《は》えてはっきりと見えていた。

　そんな風景に清々《すがすが》しい気持ちになり、ハルカは最近話題になっている絵本を探して平台《ひらだい》の上を眺《なが》めていた。

　すると、白いハイソックスに赤い靴《くつ》を履《は》いた小さな足が目に留まった。そのエナメルの赤い靴は、つま先立って必死《ひっし》に伸び上がっていた。視線を上に移すと、白いワンピースを着たおかっぱ頭の女の子の姿があった。

「この子窓の外が見たいんだな」

ハルカが近づいて行くと、その気配《けはい》を感じたのか女の子がいきなり振《ふ》り向いた。つぶらな瞳《ひとみ》が一瞬《いっしゅん》ハルカを見据《みす》えると、パッと体をひるがえして一目散《いちもくさん》に出口の方に走り去ってしまった。あっという間の出来事だった。

ハルカが、ポカンと女の子の後ろ姿を見送っていると、

「どうしたの？」

背後《はいご》から声がした。

振り返るとすぐそばに裕太がいた。

「あらっ、早かったね。私もずいぶん早めに来たと思ったんだけど……」

「そりゃ、遅刻《ちこく》したら、またハルカに叱《しか》られるからね」

裕太は、小麦色の肌《はだ》に目立つ白い歯を出して笑った。

小学二年生から少年野球を始めた裕太は、それから高校まで野球漬《づ》けの毎日だった。

その後、一浪《いちろう》して大学に入り、今は大学院で環境学を勉強している。

ハルカが、今見た女の子のことを話すと、

「そういえば、ハルカも今日は赤い靴だね。珍《めずら》しいね」

裕太がハルカの足元《もと》を見て言った。

「うん、今日初めて履《は》いたの」

ハルカは左足をちょっと上げてみせた。

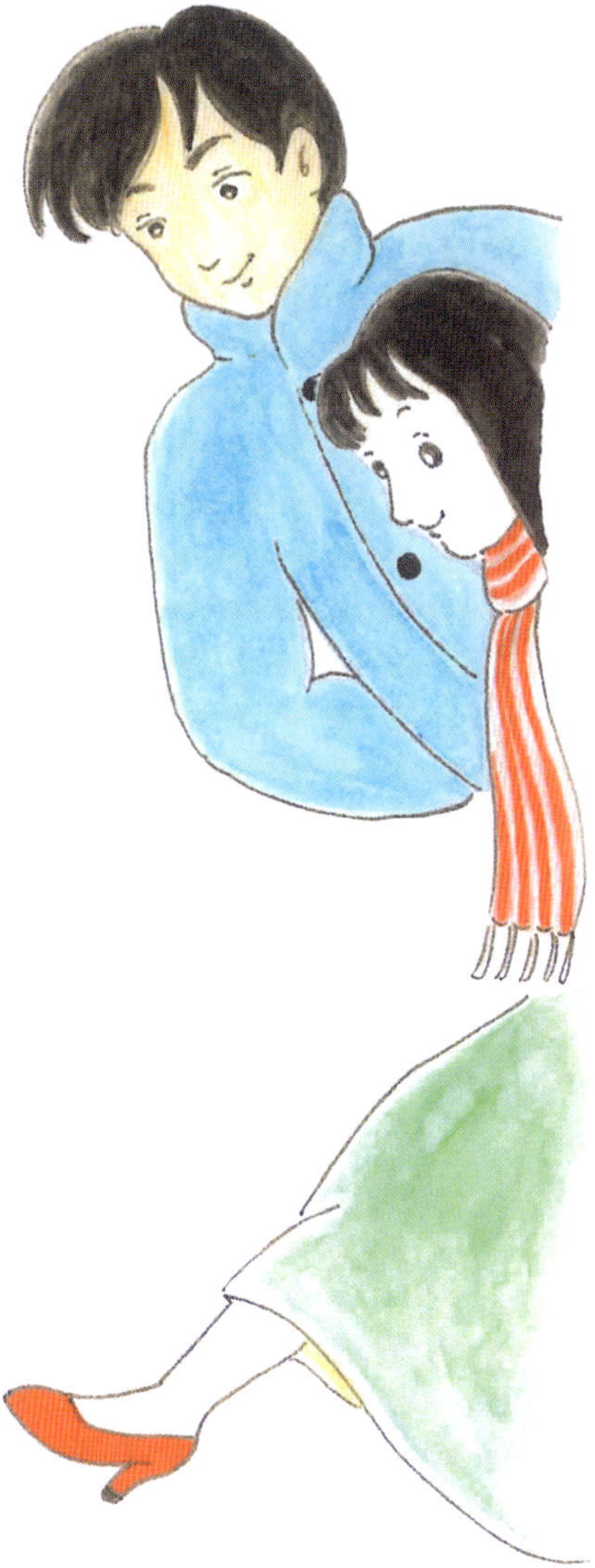

デパートの中を上へ下へとさんざん迷って、チエさんへのプレゼントは、おしゃれなシルクニットのパジャマに決まった。

　チエさんは、晴れた日には必ず布団を干《ほ》す。家の仕事が終わって、干した布団に入るのが、至福《しふく》の時だと言っている。

　チエさんがこのパジャマを着て、

「幸せの匂《にお》いってこの匂いだね」

と言いながら、フカフカの布団に入るのを想像するだけでふんわり心が温かくなる。そんなことを考えているハルカの横で、

「あー、腹減《へ》った。中華街《ちゅうかがい》にでも行って美味しい肉まん食べたいなー」

裕太が、お腹をおさえながらわざと悲痛な声で

言った。

「そうだね。私もお腹すいた。それじゃ、中華街に行っておやつにしますか」

「うん、そうしよう。ハルカの『横浜観光』にも付き合うからさ！」

ハルカは横浜に住んでいるけれど、横浜の観光スポットに行くのが大好きで、何度も行ったことがあるところでも観光客のような目線で横浜を散策するのだ。そんなハルカを裕太はいつもからかっている。

「じゃあ、桜木町《さくらぎちょう》に行って久しぶりにあかいくつ号に乗って行きたいな」

「おお、まさに横浜観光だね！　いいよ。行こう」


桜木町の駅に降り立つと、いつも様々な国の言葉が飛び交《か》っていて、ハルカは改めて横浜が国際的観光都市だと思う。

ハルカは、幼い頃から何度この駅に降り立ったことだろう。

改札口を出て、海側に行くとランドマークタワーのそびえ立つみなとみらい地区、反対側に行くと対照的に昭和の香りがするノスタルジックな野毛《のげ》の歓楽街《かんらくがい》がある。

ハルカの父は、野毛山《のげやま》動物園の飼育員で、母は、そのすぐ近くにある中央図書館の司書だった。母は、十三年前に亡くなってしまったが、父は、今でも野毛山動物園で働いている。動物が大好きだった父は、大学で動物生態学を学び、迷わず動物園を職場に選んだ。

野毛山動物園で働き始めた父は、しばらくして、中央図書館の貸出カウンターで母に出会った。母を一目見た父は、「この人と結婚する」と思ったらしい。

一方、母は、「いつも動物の本を借りていく、ユニークでちょっと変わった人」と思っていたらしい。

父は、初めてのデートに野毛にあるスペアリブの美味しいお店に母を連れて行った。そのスペアリブの美味しさに感動して父と付き合い始め、結婚してしまったと冗談《じょうだん》めかした話を、母から私は何度も聞いた。

私が幼稚園児《ようちえんじ》の頃、父は生まれたばかりのキリンの赤ちゃんの世話に忙《いそが》しく、時には動物園に泊《と》まり込んでいたので、母と私はほとんどの休日を父に会いに野毛山動物園に行った。

父は、私たちの姿を見るといつも満面の笑《え》みで迎《むか》えてくれた。父の仕事の合間の短いお昼休みに合わせて、母の手作り弁当を食べるのが、私たち家族の団欒《だんらん》だった。動物園に来ている多くの親子連れのように家族でゆっくり動物を見て回ることはできなかったけれど、父の肩車《かたぐるま》で少しだけ園内を回るのが、私の至福の時だった。

大好きな父が熱心に世話していたアミメキリンの赤ちゃんに、私の名前「ハルカ」と同じ「はるか」という名前が付いたと聞いた時は、ちょっと複雑で不思議な感じがしたが……。

そんな風に、決して贅沢《ぜいたく》な生活ではなかったが、私は父と母に愛情深く育ててもらった。

母が亡くなった時、小学五年生だった私には母と過ごした日々は十年間しかなかったが、母はたくさんの思い出を残してくれた。遠くに旅行することはなかったけれど、横浜の街のあちこちを散歩し、大道芸《だいどうげい》を見たり、山下公園で毎年開催《かいさい》される写生大会に参加したり、時には美術館で有名な絵画を見たりした。横浜という街は、大人にだけでなく幼い私にも刺激的《しげきてき》で魅力《みりょく》ある街だった。

駅前のあかいくつ号の乗り場に行くと、家族連れや若者たちのグループが、長い列を作ってバスを待っていた。

列の後ろに並ぶとすぐに赤とベージュ色の車体に「あかいくつ」と書かれたレトロ風なバスがやって来た。

満席のバスが駅前広場を出ると正面にコスモクロックという大観覧車が見えて、観光気分が盛り上がってくる。

街のあちこちには、華やかなツリーがあり、クリスマスシーズンを感じさせる。

間接照明でシックな佇《たたず》まいを見せる赤レンガ倉庫に着くと、カップルや女性のグループなどたくさんの人が降りて行った。

倉庫の横の広場にこの季節だけできるスケート場が、もうオープンしたのだろうか、などと話しながら、ふたりは幼い頃のように気兼《きが》ねなく話せる相手に安堵《あんど》していた。

中華街入口でバスを降りると、休日の中華街は、観光客で溢《あふ》れ活気に満ちていた。上海路《シャンハイロ》通りの飲茶《ヤムチャ》のお店でお腹を満たしたふたりは、混雑した大通りをしばらく歩きまわりチエさんの大好きな月餅《げっぺい》をお土産《みやげ》に買った。

「さあ、お土産も買ったし、そろそろ帰る？」

裕太のその言葉にハルカは、

「もうちょっと付き合って。私、山下公園に行きたいの」

そう言うとハルカは、海風に備《そな》えてマフラーを巻き直しながら、もう海の方向に歩き出していた。「あっ、さてはあの子に会いに行くんだな」そう思いながら裕太はハルカの後を追った。

冬の日は短く、公園に着くとあたりはすっかり暗くなっていた。

夜の山下公園は、昼間とはだいぶ雰囲気《ふんいき》が違っている。光の帯で縁取られライトアップされた氷川丸《ひかわまる》が、夜の闇《やみ》に浮かび上がっていた。

ちょうど港に入って来た遊覧船がたくさんの光を放ちながらゆっくりと氷川丸の向こうに消えていくのが見えた。そんな光景に目を奪《うば》われながらもふたりは、公園の西の端《はし》へと進んでいった。

海に面して並んでいるベンチで、肩を寄せ合っている何組かのカップルの前を通り過ぎ、たどり着いたのは「赤い靴はいてた女の子」の像だ。

ハルカは、幼い時から何度もこの子に会いに来た。

画材会社主催の写生大会に、いつも付き添《そ》ってくれた母との思い出の場所でもある。

女の子の横顔の向こうに氷川丸とベイブリッジを描いて賞をもらったこともあった。少年野球で忙しかった裕太も、写生大会には、なぜかよく参加していた。

そんな時は、もちろんチエさんも一緒で、三世代家族のように楽しく賑《にぎ》やかにお弁当を食べた。

いつの頃からかハルカは、赤い靴の女の子が実在した少女をモデルにしていて、その逸《いつ》話《わ》が、童謡《どうよう》「赤い靴」の歌詞通りでないことを知った。

女の子は、異人《いじん》さんに連れられて異国に渡《わた》ったのではなかった。結核《けっかく》という病に冒《おか》されて、船旅にはとても耐《た》えられないということで日本に残され、ひとり寂しく療養所《りょうようじょ》で亡《な》くなったというのだ。

貧しさゆえに娘を育てられず、アメリカ人宣教師であった「異人さん」に託《たく》した実の母

は、生涯《しょうがい》その事実を知らなかった。娘は海を渡り異国で幸せに暮らしていると思っていたそうだ。その話を知った時、ハルカは女の子の悲しい境遇《きょうぐう》に涙した。

今日も女の子は、夜の公園でひとり海を見つめている。

「夜だといちだんと寂《さび》しげに見えるね」

裕太もいつも寂しそうに海を見つめるこの子のことが、気になっていたらしい。

ふたりは月明かりの中、女の子の像をじっと見つめていた。

すると突然《とつぜん》像が光り始めた。驚《おどろ》いたふたりが顔を見合わせると、辺《あた》りが急に霧《きり》がかかったように白くなった。キラキラと白いものが空から降りてきて、眩《まぶ》しい光の渦《うず》となってふたりを覆《おお》った。まわりの風景が何もかも見えなくなっていた。

すると女の子の像の中から透《す》き通るような声が聞こえてきた。

「ハルカ、裕太、よく来てくれたわね。あなたたちに会うのを楽しみにしていたのよ。ふたりとも大きくなって、もうすっかり大人ね。

ハルカ、大人になったあなたにどうしても伝えたいことがあったの。あなたのお母さんのこと。

お母さんが病気で入院する前、そう十四年前、銀杏《いちょう》の木が色付き始めた頃、お母さんは元町《もとまち》のお店でその赤い靴を買うと、ここに来て言ったの。

『ハルカへの最後のクリスマスプレゼント、私の足のサイズより少し大きめの赤い靴。大人になったときピッタリだといいのだけれど……。ハルカがこの靴を履《は》く頃、毎日笑顔で

暮らしていますように……』

お母さんは、しばらく靴を抱きしめながら涙を流して祈《いの》っていたわ。どうやらその願いは、両方とも叶《かな》っているようね。

ハルカ、あなたは素敵な女性に成長したわね。

私は、いつもあなたが羨《うらや》ましかった。あなたは、私が持っていないものを何でも持っていたから。温かい家族、支えてくれるたくさんの仲間、健康な身体。そして、輝《かがや》かしい未来。でも、私はこの公園から海を眺《なが》め、自分の不運を呪《のろ》っていたわけじゃないのよ。私はもう自由にどこへでも行けるの。解《と》き放《はな》された自由な心は、時々ここを抜け出して横浜の街のあちこちにいくのよ。

ハルカとの再会も海の見えるあの本屋さんに行った時だったわ。あなたはもう高校生になっていたけれど、私はすぐに気付いたの。つやつやしたまっすぐな黒髪《くろかみ》に大きな瞳、お母さんにそっくりになっていたから……。

今日もあなたにここに来てほしくてあの本屋さんに行ったのよ。やっぱりあなたたちは私に会いにきてくれたわね。

これからも私は、ずっとここでこの海を見つめていくわ。でも決してひとりぼっちではないのよ。ここを訪れるたくさんの人たちが私を見守ってくれるから……。私は今とってもしあわせ……」

突然、ボーという汽笛《きてき》が聞こえると霧が晴れるように辺《あた》りが元の風景に戻《もど》った。

ハッと我に返ったハルカが隣《となり》を見ると、裕太も狐《きつね》につままれたような顔で立っていた。ふたりはしばらく言葉を失くしてじっと佇《たたず》んでいた。

どれくらい時間がたっただろう。あてもなく歩き始めたふたりが、大桟橋《さんばし》に目をやると大きな客船が明るい光を放って停泊《ていはく》しているのが見えた。その向こう側には、みなとみらいのビル群と虹《にじ》色のコスモクロックが眩《まぶ》しく輝いていた。しばらく歩き続けたふたりは、運河パークまで来ていた。

みなとみらいの夜景が一望できる絶景スポットには、いつもは三脚を抱《かか》えたアマチュアカメラマンや観光客がたくさんいる。

しかし今夜は、この冬一番の冷え込みと、天気予報が伝えていたせいか人影《ひとかげ》はまばらだった。

「次は、サンタクロースにでも会えそうな気がしてきたよ」

裕太は、わざとおどけてハルカの横顔を見た。そんな裕太にハルカもやっと口を開いた。

「ねぇ、裕太くんって子どもの頃、サンタクロースのことどう思ってた？」

「もちろん大好きなおじいさんだったよ。毎年頼《たの》んだプレゼントを持って来てくれるんだから……。でもあんまり高いもの頼むと違《ちが》うものが来たけどね。サンタも世界中の子ども達にプレゼントあげなくちゃいけないから大変なんだなぁ。ハハハ……」

フフフ……。ハルカもビルの明かりで光る水面《すいめん》を見つめながら静かに笑った。あたりには、運河を流れるサラサラという水の音だけがしていた。ハルカはゆっくりと話し始めた。

「五年生の時、母が亡くなったでしょ。春に。でも、その年のクリスマスに私、母からプレゼントをもらったの。母はクリスマスには、もう自分がいないこと、わかっていたのね。そっと父に預けてあったの。手紙が添《そ》えられたプレゼントは、この手編みのマフラーと赤い靴だった。

その手紙には、『ハルカは大きくなったから、サンタクロースからのプレゼントはもう来ないけど、今度はあなたがサンタになって大切な人にプレゼントを届けなさい。プレゼントっていうのは、必ずしも物ではなくて……』というようなことが書いてあったの。

そして、もし大人になってこの赤い靴がピッタリだったら、この靴を履《は》いて赤い靴の女の子に会いに行ってほしいと……」

遠くを見つめるハルカの目にキラキラと街の灯《あか》りが映《うつ》っていた。

「そうだったんだ……」

裕太もしばらく目の前の夜景を見つめていたが、急にハルカの方に向き直ると、

「では、今日はこの裕太サンタがハルカの願いをかなえてあげよう！　何がほしい？　でも、あんまり高いものはダメだよ。サンタも財政難《ざいせいなん》だからね」

「うーん、じゃ、あれに乗りたい！」

ハルカは目の前のコスモクロックを指差して言った。

「おぉー、観覧車！　久しぶりだなぁ。よし行こう！

きっと、行列だぞ」

裕太は、ハルカの手を取ると、虹色に光り輝くコスモクロックに向かって走りだした。

19:55

あとがき

数年前、文芸の勉強をしていて
横浜のものがたりを書こうと思い立った時、
「赤い靴の女の子」の悲話を知りました。
港街横浜のシンボルとも言える赤い靴の女の子が、
よく知られた童謡『赤い靴』の歌詞とは全く違う
短い生涯を送ったことに衝撃《しょうげき》を受けました。
山下公園の片隅でひとり海を見つめている
赤い靴の女の子のことを、いつか私の作品に
登場させてみたいと思っていました。
今回、すえおかえみさんの絵とともに私の拙《つたな》い作品が
絵ものがたりとして出版できることに心から感謝致します。
ありがとうございました。

赤い靴

作詞　野口雨情《のぐちうじょう》
作曲　本居長世《もとおりながよ》

赤い靴　はいてた　女の子
異人さんに　つれられて　行っちゃった

横浜の　埠頭《はとば》から　船に乗って
異人さんに　つれられて　行っちゃった

今では　青い目に　なっちゃって
異人さんの　お国に　いるんだろう

赤い靴　見るたび　考える
異人さんに　逢《あ》うたび　考える

こまざわ　まさこ（駒澤昌子）

京都造形芸術大学芸術学科文芸コース卒業

2000年頃より身近なことを題材にエッセイ、童話を書き始める。

2009年、日本文学館「自分への手紙」大賞受賞

2011年、日産童話と絵本のグランプリ「じいちゃんのパイン缶」佳作入賞

2015年より「絵本工房にじいろのたね」に参加、自作のものがたりの製本を始める。

作品「パレード」「おしゃべり図書館」他　図書館司書

静岡県生まれ　横浜市在住

すえおか えみ（末岡恵実）

青山学院大学英米文学科卒業

1996年、大阪で朝日カルチャーセンターの手作り絵本講座を受け、初めて自作の絵本を作る。

2013年、横浜市戸塚で「絵本工房にじいろのたね」を立ち上げる。

2015年と2017年に京橋のギャルリーソレイユで個展開催

「芸象文学会」同人。「森の絵本ひろば」会員

「絵本工房にじいろのたね」「絵本工房サニーフィッシュ」主宰

横浜市在住

NDC 726
神奈川　銀の鈴社　2019
32頁　18.8cm（あかいくつ）

銀鈴・絵ものがたり　　2019年5月27日初版発行
本体1,000円＋税

あかいくつ

著　者　こまざわ まさこ©　　絵・すえおか えみ©
発行者　柴崎聡・西野真由美
編集発行　㈱銀の鈴社 TEL 0467-61-1930　FAX 0467-61-1931
〒248-0017　神奈川県鎌倉市佐助1-10-22 佐助庵
http://www.ginsuzu.com
E-mail info@ginsuzu.com

ISBN978-4-86618-073-1 C0093
落丁・乱丁本はお取り替え致します
印　刷　電算印刷
製　本　渋谷文泉閣